4c
Konstantin
Walter

Steve Cole

Jäger in der Tiefe

Steve Cole studierte Literatur und Film an der University of East Anglia, arbeitete u.a. im Kinderprogramm des BBC und als Lektor. 1996 veröffentlichte er seine ersten Kinderbücher. Cole lebt mit seiner Frau und zwei Kindern in Buckinghamshire, England.

Steve Cole

Jäger in der Tiefe

mit Illustrationen von Oriol Vidal

aus dem Englischen von Julia Süßbrich

GULLIVER
von BELTZ & Gelberg

Inhalt

1 Tief unten

Ich will da nicht hin, aber ich habe keine Wahl.

Als die Sonne aufgeht, gehen wir von unserem Dorf zum Strand von Rebo. Dort warten die Pontons auf uns: Flöße aus Treibholz, Schilf, Kanistern, Rohren und Schläuchen – und Hoffnung. Bald werden wir draußen auf dem Ozean sein. Wir werden keine Luft mehr kriegen vor lauter Diesel-Qualm, und der Lärm des Generators wird uns die Ohren zerreißen. Das Floß wird heftig schaukeln, wenn der Sand vom Meeresboden gesaugt wird, um die feinen schwarzen Kristalle herauszufiltern.

Das machen alle in meiner Familie, von den Jüngsten bis zu den Ältesten. Wir graben nach Zinn-Erz. An Land und im Meer. Die Welt kommt nicht ohne Zinn aus. Zinn steckt in Smartphones, Computern und Autos – in Dingen, die ich nie haben werde. Ob jemals Leute darüber nachdenken, woher dieser Metall-Kleber in ihren Geräten kommt? Oder darüber, was wir dafür riskieren?

Ich drehe mich zu Rustam um, meinem Onkel, der neben mir herhinkt. „Ich will heute nicht ins Wasser“, sage ich.

Er ächzt: „Du musst, Tono.“

„Aber ich bin noch ein Kind. Das sagst du doch immer.“

„In deinem Alter kannst du arbeiten“, erwidert Rustam. „Und ich kann doch wohl nicht runter, oder? Willst du, dass ich sterbe wie dein Alter? Wer kümmert sich dann hier um alle?“

Rustam stößt mich weg. Ich hasse ihn. Aber ich muss bei Rustam bleiben, weil Papa gestorben ist und Mama mit meiner Schwester weggegangen ist, um Arbeit zu finden. Eigentlich will er mich nicht bei sich haben. Also bekomme ich von allem nur die Reste: Essen, Kleidung, Freundlichkeit. Nicht dass es davon überhaupt viel gäbe.

Yan kommt im Sand auf mich zu. Yan ist mein Cousin und Rustams Sohn. Er ist schon fast ein Mann und wir teilen uns ein Zimmer. Er sucht mein Gesicht so ab, wie er nassen Sand auf Zinn absucht. Ich weiß, er sucht nach Tränen. Ich zeige ihm aber keine.

„Keine Angst, Tono“, sagt Yan. Er hat nur auf einer Seite vom Mund Zähne, trotzdem lächelt er oft. „Seit Monaten ist in den Gruben niemand mehr gestorben. Und ich bleibe in deiner Nähe.“

„Kann ich den Taucheranzug haben?“, frage ich ihn. „Er ist dir zu klein.“

„Und dir zu groß“, erwidert Yan. „Er würde an dir schlackern und dich langsamer machen.“

Er leckt über seine kaputten Zähne. „Ich weiß, du wärst gerne so ein toller Kerl in Strumpfhosen aus den Comics, die du liest …“

„Superhelden“, sage ich.

„Ja, ja! Der Supertaucher Zinn-Boy!“ Yan lacht. „Tono, denk dran: Die Typen steigen zwar in den Superhelden-Anzug, aber der allein macht keine anderen Menschen aus ihnen. Die Person ist der Held …“

„Sehr tiefsinnig, Yan.“

Er lächelt wieder. „Nicht so tief, wie wir gleich tauchen, Supertaucher.“

Ich versuche, nur darüber zu lachen.

Es stimmt schon: Am liebsten würde ich wenigstens so tun, als ob ich jemand Stärkeres wäre. Ich blicke an mir herunter. Kein Hemd.

Dürre Beine. Blasse Hose, die nur von Matsch und Sturheit zusammengehalten wird – wie auch der Rest von mir.

Auf den Flößen brummen und stottern Generatoren. Sie sind lauter als der Ozean. Wolken aus Salz, Rauch und Diesel blasen mir ins Gesicht, als ich auf unser Floß klettere. Rustam und Yan schieben es hinaus aufs Meer.

Yan steigt in seinen Taucheranzug. Der ist schon grau an Stellen, die früher schwarz waren. Ein paar Nähte sind zerrissen. Yan gibt mir meine Gesichtsmaske. Rustam wirft den Kompressor an, der dreckige Luft durch einen Schlauch in unsere Lungen pumpt. Diese magische Maschine hält uns am Leben, während wir arbeiten. Der ganze Ponton zittert unter dem Lärm des Kompressors, und ich auch.

Das Meer ist voll mit Pontons wie unserem. Auf einmal dröhnt ein tiefes Geräusch von oben herunter, und wir schauen über unsere wackeligen Flöße hoch auf ein riesiges Schiff: den Schwimmbagger einer Firma. Das Schiff wackelt, als ob es lachen würde, während es die Welt unter den Wellen frisst. Seine Schaufelräder beißen tief in den Meeresboden, spucken Schlamm aus und verschlingen das Zinn. Was bleibt für uns übrig?

Ich blicke ins Wasser. Es ist trüb vor lauter Sand. Es zeigt kein Spiegelbild. Als ob ich unsichtbar wäre.

Yan legt den Arm um mich und tritt über den Floßrand. Mir bleibt kaum Zeit, den Schlauch für die Luft an meinen Mund zu führen. Wir sinken hinab ins warme, schlammige Wasser. Im gebrochenen Licht sehe ich entfernte Monster – Menschen oder Maschinen, die im Meeresboden stochern. Als ich am Schlauch sauge, tun meine Lungen weh, und mein Atem steigt in Blasen auf.

Meine nackten Füße sinken in den Meeresboden. Yan hält den Schlauch unten, der den dicken Sand ansaugt. Wir müssen mit unseren selbst gemachten Werkzeugen eine Grube ausheben, viele Meter tief. Ich soll die Seitenwände der Grube glätten, damit sie gut halten. Während die Minuten vergehen, stelle ich mir Rustam bei seiner Arbeit vor: Hoch über uns prüft er das, was aus dem Schlauch kommt. Die Luft da oben ist voller Abgase, trotzdem sehne ich mich furchtbar danach.

Sand wirbelt mir durch das Gesicht wie Moskitos. Die Grubenwand ragt über uns auf, vielleicht drei Meter hoch. Wir sehen immer weniger. Mein Herz pocht. Die Luft aus dem Schlauch schmeckt nach Gummi. Und die Grube muss noch tiefer werden. Ich suche die Schlammwand nach einer Spur von Zinn-Erz ab. Nach einer Linie aus weißem Gestein und Erde. Wenn wir Glück haben, gibt es davon viele. Glück haben wir aber nicht so oft.

Plötzlich entdecke ich etwas in dem sandigen Boden bei meinen Füßen. Kein Zinn. Es ist rot und funkelt, als ob Licht darin scheinen würde.

Was zum Teufel ist das?

Als ich mich danach bücke, fasst Yan nach meinem Arm. Mir bleibt fast das Herz stehen, aber dann ist doch alles okay – Yan lächelt und nickt. Er hat eine Zinn-Spur gefunden. Das bedeutet für heute Abend: volle Bäuche!

Er lächelt immer noch, als hinter ihm ein Spalt in der Grubenwand aufbricht.

Ich packe ihn und strampele mit den Füßen, um wegzukommen, aber die Lawine aus Schlamm reißt mir den Schlauch aus dem Mund und begräbt mich.

2 Aufwachen

Ich wache auf. Langsam. Licht blitzt, wie Sonnenstrahlen auf dem Wasser. Ich liege auf einer dreckigen Matratze auf dem Boden. Mein Hals ist rau und meine Brust brennt. Meine linke Hand ist zur Faust geballt, die Finger kann ich nicht bewegen. Ich kann kaum atmen und mir wird übel. Vor lauter Schmerz möchte ich meine Augen schließen und im Dunkeln bleiben. Ich weiß nicht, wo ich bin und was passiert ist. Ich rufe nach meiner Mama, aber dann fällt mir ein, dass Mama weit weg ist, in Belitung.

Jemand schreit in meinem Kopf *„Longsor! Longsor!“*. Das bedeutet Erdrutsch. Das schlimmste Wort, das man hören kann.

Ich höre die Stimme meines Vaters, aber ich sehe nur eine bröckelnde, einstürzende Wand aus Schlamm. Und plötzlich sinken meine Füße in den Meeresboden. Ich sinke ganz nach unten, während der Schlamm und der Sand fallen und mich ersticken ...

„Hey.“

Es ist die Stimme eines Mädchens. Ich schlage die Augen auf, um der Dunkelheit zu entkommen. Mein Atem geht schnell. Ich bin in dem Zimmer, das ich mit Yan in Rustams schäbigem Haus teile. Ich starre das Mädchen an, das vor mir steht. Farben stechen mir ins Auge: knallgelbes T-Shirt, blauer Rock. Sie ist etwas älter als ich, vielleicht fünfzehn. Schwarze Igelfrisur und braune Augen mit kritischem Blick. Habe ich sie schon mal gesehen? Die Rille zwischen ihrer Nase und ihrer Lippe sieht aus wie eine perfekte Träne. Darauf konzentriere ich mich. Ich bin nicht sicher, ob das Mädchen wirklich hier ist oder ob ich träume, während ich tief im Meer ertrinke.

Sie tritt von einem Fuß auf den anderen. „Du starrst mich an."

„Entschuldigung", sage ich.

„Sonst starren die Leute immer auf das hier." Das Mädchen hebt seinen Arm, und ich sehe, dass er unter dem Ellbogen endet. Zwei kleine Finger-Stummel ragen aus dem Stumpf. Also weiß ich, dass sie ihre Hand nicht in einem Erdrutsch verloren hat. „Ich bin Kemala", sagt sie. „Ich lebe in Sungai Liat."

Das ist die nächste Stadt, zehn Kilometer von hier. Ich weiß nicht, warum Kemala hier ist, aber es ist mir egal; ich will nur schlafen. Meine Augen springen zu ihrem anderen Arm, der ganz ist, und ich sehe, was sie in der Hand hält. Plötzlich wird mir kalt.

Kemala hat einen von Papas Comics. Amazing Spider-Man, Heft 276.

„Gib das zurück", sage ich.

„Ist ja gut", sagt Kemala. „Ich bin noch nicht ganz durch ..."

„Gib." Ich rede undeutlich, meine Zunge ist noch steif. Aber Papas Superhelden-Comics gehören nur mir. Er hat sie sein ganzes Leben lang aufbewahrt, dreizehn Stück. Sie fallen auseinander, die Umschläge sind zerfleddert und die Heftklammern verrostet. Aber sie sind wie die Superhelden: Sie geben nicht auf.

Ich konnte nicht zur Schule gehen, denn Papa konnte das nicht bezahlen. Papa wollte Sachen erfinden, aber das kostete Geld. Er dachte, illegaler Zinn-Abbau wäre der schnellste Weg, Geld zu verdienen. Für ihn war es allerdings der schnellste Weg in den Tod.

Aber ich brauchte sowieso keine Schule: Lesen habe ich mit den Comics gelernt. Die Bilder haben mir geholfen, zu verstehen, was da wohl stand. Ich habe sie immer Rinal „vorgelesen“, meiner kleinen Schwester. Damals war sie noch klein und staunte mich mit riesengroßen Augen an. Die Comics sind etwas Besonderes und durch sie fühlte ich mich besonders. Niemand außer mir darf sie anfassen.

Also schlage ich mit der Faust auf den Boden und rufe: „Gib es mir!“

„Ganz ruhig, Tono“, antwortet Kemala. „Ich hab dich gepflegt.“ Sie zuckt mit den Schultern und winkt mit ihrem Stumpf. „Ohne mich würdest du in deinem eigenen Dreck liegen.“

Ich recke meine linke Hand nach ihr, aber die ist immer noch zur Faust geballt und lässt sich nicht öffnen. Dann sehe ich den Schlauch an meinem Arm. Ein Beutel liegt auf dem Tisch neben mir. Ein anderer Schlauch kommt zwischen meinen Beinen heraus aus etwas, das aussieht wie …

Oh Gott. Diese Hose hat ein Wattepolster wie eine Windel oder so.

„Es hat ein Unglück gegeben“, sagt Kemala. „Eine tiefe Grube im Meer ist über dir eingebrochen.“

Jetzt fällt mir wieder ein, wie der Sand mich unter Wasser überrollte. Wie das Gewicht mich erdrückte. Keine Luft. Dunkelheit. „Yan“, sage ich. „Ist Yan ...?“

„Du hast ihn gerettet.“ Kemala glotzt mich an. Ich bin nicht sicher, ob sie beeindruckt ist oder nur verwirrt. „Du hast fünf Tage im Koma gelegen.“

Ich vergesse fast, zu atmen. „Fünf Tage ...?“

„Während du geschlafen hast, haben die Ärzte tonnenweise Schlamm aus deiner Lunge gepumpt.

Eigentlich müsstest du tot sein. Die Leute sagen, es ist ein Wunder, dass du lebst."

„Meine Mama ... ist die auch gekommen?"

„Ich glaube, die weiß gar nicht, dass du verletzt bist."

Kemalas Worte ersticken das kleine bisschen Hoffnung, das ich hatte. Erst nach einer Weile frage ich sie: „Warum hast du dich um mich gekümmert?"

„Dein Onkel hat rumgefragt, wer auf dich aufpassen könnte", erklärt Kemala. „Er hat gesagt, wenn du sterben würdest, könnte die Person deine Sachen haben." Sie wedelt mit dem Comic herum und lässt ihn neben meine Matratze fallen. „Ich dachte echt, du würdest abkratzen. Vielleicht bleib ich noch dran. Es könnte sich ja irgendwas entzünden und dann könntest du doch noch sterben, oder?" Kemala schüttelt sich

und fügt hinzu: „Aber von jetzt an kannst du dir deinen Hintern selber abwischen, Tono. Der Arzt kommt heute Abend noch mal vorbei und nimmt dir den Katheter raus …“

Kemala plappert weiter. Ihr Singsang füllt meinen Kopf in diesem heißen, muffigen Raum. Meine linke Hand öffnet sich langsam. Irgendetwas funkelt darin.

Die ganze Zeit hatte ich einen Stein umklammert. Er ist rot und oval, ein Kristall oder etwas in der Art, weich geschliffen. Er liegt in meiner zuckenden Hand.

Kemala starrt den Stein an. „Was ist das? Glas oder so?“

Der Stein scheint im Dämmerlicht zu leuchten.

„Es ist etwas Besonderes“, sage ich.

3 Erinnern

„Am Leben, wach und unverletzt“, sagt Yan an dem Abend mit seinem Zahnlücken-Lächeln. „Der halbe Meeresboden fällt auf dich drauf und du hast noch nicht mal einen Kratzer. Du bist wirklich der Supertaucher!“

Rustam schnaubt: „Schwein gehabt!“

Kemala steht in der Tür und meint: „Ein Wunder.“

Yan zwinkert mir zu. „Superheld.“

Ich halte immer noch den warmen, roten Stein in der Hand und schweige.

„Du hast mich gerettet, Supertaucher“, fährt Yan fort. „Du hast mich weggezogen, und deshalb hatte ich genug Zeit, rauszukommen.“

Rustam schüttelt den Kopf. „Du hast Tono da rausgezogen, Yan. Du bist der Held.“

„Na, und du hast ihn an Land gebracht, Vater. Du hast den Arzt bezahlt.“

„Danach war ich fast pleite“, sagt Rustam mit saurem Blick. „Tono zahlt mir das zurück, wenn er wieder arbeiten kann.“

Ich atme langsam aus. Es dauert noch mindestens zwei Wochen, bis ich wieder graben kann. Die Ärzte haben gesagt, ich soll mich noch so lange ausruhen, damit auch bestimmt keine Komplikationen auftreten. Rustam hat nicht widersprochen, zu meiner Überraschung. Er hat mir sogar Mangos und eine Flasche Wasser gebracht.

„Wir brauchen dich schnell zurück, Tono“, fährt Rustam fort.

Ja klar, denke ich und drücke den Stein in meiner Faust. Du brauchst deinen Doofen wieder, der die Drecksarbeit macht.

Aber nachts sagt Yan in unserem Zimmer: „Vater wird dich nicht wieder auf den Meeresboden schicken – zumindest nicht sofort."

In der Dunkelheit mache ich große Augen. „Arbeitest du alleine da unten?"

„Im Moment muss ich das. Aber ich werd schon eine Aushilfe finden. Denjenigen müssen wir dann natürlich bezahlen. Ich hab Vater gesagt, dass es nach Erfolg aussieht, wenn man neue Leute einstellt." Nach einer kleinen Pause fügt Yan hinzu: „Vater ist froh, dass mit dir alles in Ordnung ist."

„Echt?"

„Als du mit geschlossenen Augen so lange dalagst, hast du ihn an deinen Vater erinnert, nach … du weißt schon. Als dein Vater im Haus lag, vor seiner Beerdigung.“

Mein Hals fühlt sich an, als hätte ich eine Baby-Faust verschluckt. Vaters Tod ist drei Jahre her. Als es passierte, war ich in der Nähe und habe mit Rinal gespielt. Ich weiß, dass die Grubenwände eingestürzt sind. Und dann hat der Sand seine Knochen gebrochen und seinen Hals gefüllt.

Aber es kommt mir so vor, als ob der Erdrutsch auch meine Erinnerungen begraben hätte.

Ich kann mich erst wieder daran erinnern, wie ich nach Hause ging und meine Mutter mich fest drückte. Aber ich konnte kaum etwas fühlen, noch nicht mal, als Rinal sich auch in die Umarmung drängte. Wir waren alle sehr still, für Wochen oder sogar Monate. Und dann ging Mama weg, um Arbeit zu finden, auf unserer Nachbar-Insel Belitung. Mama konnte die Gruben nicht mehr ertragen. Sie nahm Rinal mit, weil Rinal noch so klein war. Ich landete hier bei Rustam.

Im Dunkeln flüstere ich Yan zu: „Weiß meine Mutter, dass ich krank bin? Kommt sie?“

Erst nach einer Weile sagt Yan: „Vater hat eine Nachricht geschickt. Wenn deine Mama könnte, würde sie bestimmt kommen.“

Ich nicke langsam. „Dann hat Mama wohl Arbeit. Vielleicht darf sie nicht gehen. Und sie muss sich um Rinal kümmern.“

„Ja, das muss sie.“

Ich denke auch an Rinal. Als wir zusammen waren, hat sie mich wahnsinnig gemacht. Aber jetzt, wo sie weg ist …

Ich umklammere den harten Stein in meiner Hand. Früher hatte ich eine kleine Decke, die ich nachts festhalten konnte, aber die hat Rinal jetzt.

4 Ein Blick in die Zukunft

Es ist komisch für mich, als Yan am nächsten Morgen aufsteht und sich anzieht und ich auf meiner Matratze liege. Meine Brust fühlt sich immer noch eng an, während ich Yans und Rustams Schritte und Geklapper höre. Ich bin sicher, gleich kommt Rustam reingetrampelt, blitzt mich mit seinen dunklen Augen an und sagt: „Los jetzt, du fauler Dummkopf. Du hast lange genug im Bett gelegen!“ Aber sie sagen kein Wort. Sie brechen auf und gehen mit den anderen zu den Pontons. Sie denken, dass ich noch schlafe.

Das Haus ist so still. War ich hier schon mal allein? Ich halte meinen Stein in das Licht, das durch die Fensterläden strahlt. Das leuchtende Rot scheint darin gefangen zu sein wie Glut.

Rustam hat sich meinen Stein gestern angesehen. Er hat ihn in seiner Hand gedreht und gemeint, der wäre nichts wert: „Bloß Glas, aus dem Boden einer alten Bierflasche, glatt poliert."

Yan dachte das nicht. Er hat ihn ins Licht gehalten und vermutet: „Vielleicht ist das wie Kryptonit. Gutes Kryptonit."

Ich dachte, Kryptonit wäre ein grüner Stein, der Superman schwach macht. Aber Yan meinte, es gäbe auch rotes Kryptonit – bei dem wüsste man vorher nie, wie es auf Superman wirken würde.

Yan hat gelacht. „Vielleicht ist das Supertaucher-nit! Egal, jedenfalls hat dir dieser Stein Glück gebracht. Kein Wunder, dass du ihn nicht loslassen wolltest."

Aber Kemala hat nicht gelacht. Sie stand nur in der Tür und hielt mit der rechten Hand ihren Armstumpf. Als ich das nächste Mal hinschaute, war sie leise gegangen.

Heute kommt Kemala um neun Uhr morgens. „Kannst du laufen, Tono?“, fragt sie.

„Natürlich kann ich laufen.“ Ich stehe langsam auf. „Mir geht es gut. Ich hab nichts.“

Kemala ruft jemandem hinter dem Haus zu: „Siehst du? Er ist unverletzt. Er kommt raus.“

Als ich zur Tür komme, runzle ich die Stirn. Kemala hat jemanden dabei. Es ist eine Frau mit Silbersträhnen in ihrem kurzen schwarzen Haar und mit tiefen Falten im Gesicht. Sie trägt ein altes, blasses Kleid und schaut mich an.

„Das ist er“, sagt Kemala zu der Frau. „Der Junge, der Supertaucher genannt wird.“

„Supertaucher?“, fragt die Frau langsam.

Ich komme mir blöd vor und will sie verbessern. „Ich heiße ...“

Kemala unterbricht mich: „Er ist der Junge, der dem Tod entkommt.“ Sie lächelt hinter dem Rücken der Frau. „Sehen Sie? Es gibt ihn wirklich, den Wunderjungen.“

Die Augen der Frau weichen nicht von meinem Gesicht. „Sie sagt, du hast einen Stein gefunden.“

Das stimmt. Ich nicke.

„Der hat ihn beschützt“, erklärt Kemala. Mit ihren Fingern öffnet sie meine Faust, damit die Frau den Stein sehen kann. „Es ist ein Glücksbringer. Wie sollte der Junge sonst noch leben, nachdem die Grube über ihm zusammengebrochen ist?“

Die Frau greift nach dem Stein. Ich ziehe meine Hand weg. „Wer sind Sie?“, frage ich.

„Ich habe drei Söhne“, erzählt die Frau. „Einer ist jetzt tot, an einem Fieber gestorben. Aldan und Udi arbeiten in einer Grube außerhalb von Sungai Liat." Ihr stehen Tränen in den Augen. „Ich hatte einen Traum. Darin musste ich zusehen, wie sie in einem Erdrutsch sterben."

„Nur ein Traum", sage ich.

Kemala schüttelt ernst den Kopf. „Ein Blick in die Zukunft."

„Die Jungen graben so tief", erzählt die Frau weiter. Sie ist nervös. „Die Seiten der Gruben sind nicht in Terrassen abgestuft, das ist zu teuer und dauert zu lang. Aber wenn die Seiten einstürzen ..."

Ein Bild schießt mir durch den Kopf: Mein Vater schwingt in der Grube seine Spitzhacke, sieben Meter tief in der Erde. Das Bild verschwindet aus meinem Kopf, als ich automatisch frage: „Warum erzählen Sie mir das?"

Kemala schaltet sich ein: „Weil sie weiß, dass du ihr helfen kannst, mit deinem Stein."

„Was?"

Kemala redet langsam, aber eindringlich auf die Frau ein. „Schauen Sie, erst vor ein paar Tagen ist die Grube im Meer über ihm eingestürzt, und er hat nicht mal einen Kratzer! Keinen Knochen gebrochen! Der Stein hat ihn beschützt. Das ist Magie! Oder was glauben Sie?" Kemala klingt so sicher. „Dieser Junge kann Ihren Traum daran hindern, wahr zu werden. Er kann Udi und Aldan vor Unheil bewahren ... zu einem ganz kleinen Preis."

Auf dem Gesicht der Frau wächst ein zartes Lächeln. „Wenn meine Söhne wirklich beschützt werden ..."

„Der Supertaucher kommt morgen zu Ihrer Familie", sagt Kemala.

„Aber sie graben heute. In meinem Traum habe ich Aldan gesehen ...“

Kemala bleibt hart: „Morgen. Ich bringe Sie zurück. Wir machen einen Preis aus und morgen kommt Supertaucher.“

„Moment“, sage ich und ziehe Kemala ins Haus. Als die Frau uns nicht mehr sehen kann, zische ich Kemala an: „Was bitte? Meinst du, du wärst mein Boss? Warum hast du ihr den Kram erzählt?“

„Was ich ihr gesagt hab, ist wahr.“ Kemala packt jetzt *mich* am Arm. Ihre dunklen Augen schauen in meine. „Du bist von den Toten auferstanden. Weißt du noch?“

„Ich hab Glück gehabt.“

„Das war Schicksal“, sagt Kemala und nickt. „Du hast den Stein gefunden. Du bist nicht einfach nur Tono. Du bist jetzt Supertaucher.“

„Und du bist verrückt. Ich bin …“ Ich schweige. Auf einmal ist der Stein in meiner Hand nichts Besonderes mehr. „Ich bin kein Superheld.“

„Du siehst doch, wie traurig die Frau ist.“ Kemala lässt meinen Arm los. Jetzt ist sie wütend. „Superhelden helfen Leuten, oder? Statt hier rumzusitzen, könntest du ihr in Sungai Liat helfen! Du müsstest nur auf deinem Hintern hocken und ihren Söhnen beim Graben zugucken.“

„Und ihr Geld dafür nehmen?“

„Doch nur, damit du deinem Onkel das Geld für die Ärzte zurückgeben kannst, oder?“

Ich kaue auf meinen Lippen. Könnte Kemala recht haben? Das kann doch nicht sein. Unmöglich. Aber vielleicht hat das Meer mich zurückgegeben und der Stein mein Leben gerettet, weil es einen Grund dafür gab.

Ich flüstere Kemala zu: „Und wenn die Grube über ihren Söhnen zusammenbricht und ich nichts machen kann?“

„Wirst du schon.“ Kemala spricht langsam. Sie hält Blickkontakt mit mir, als ob ich ein wilder Hund wäre, den sie zähmen wollte. „Das wirst du, ich weiß das.“

Es ist unheimlich, und aufregend. Die Frau da draußen glaubt ihrem Traum. Und sie glaubt, dass ich etwas Besonderes bin. Kemala glaubt das auch. Wenn ich Geld bekomme, kann ich Rustam schnell alles zurückzahlen. Dann ist er wenigstens ein Mal zufrieden. Und Mama wird staunen über ihren Sohn, den Supertaucher!

„Du machst das“, sagt Kemala lächelnd. „Oder?“

5 Der erste Einsatz

Jeder Superheld hat eine Geschichte, die erklärt, wie er zu etwas Besonderem wurde. Superkräfte können von einem Spinnenbiss kommen, oder von einem Unfall. Sie können auch mit einer wissenschaftlichen Superbegabung zu tun haben, oder von den Göttern mit einem Blitzschlag geschickt werden. Was auch passiert, es verändert diese Menschen für immer.

Ich habe viel Zeit, über so etwas nachzudenken, denn ich sitze gerade auf einer Düne und schaue Aldan, Udi und ihrer Gruppe zu. Sie graben nach Zinn-Erz in Gruben, die von den großen Firmen schon verlassen wurden. Wie die Grube, in der wir Papa verloren haben. Es gibt Tausende davon auf der Insel.

Die Arbeiter brechen den Sand mit Wasser auf. Dann saugen sie die Brühe mit Schläuchen ab.

Die sandige Brühe spritzt auf eine Sandbank und sammelt sich zu einem blaugrünen Tümpel. Eine Pumpe pumpt sie in einen speziellen Holz-Trog, an dem Leute stehen. Sie versuchen, das Zinn-Erz aus dem Dreck zu waschen, während es zum Boden sinkt.

Das war so lange mein Leben. Bis Rustam uns zur Arbeit am Meeresboden wechseln ließ. Und jetzt ...

Ich halte den roten Stein in die Sonne und schaue, wie das Licht und die Farbe darin schimmern, als ob ich eine Mini-Sonne in der Hand hätte. Meine kleine Sonne scheint auf die Sanddünen und die Gruben, die mit Wasser vollgelaufen sind. Ihre Strahlen erreichen die Zelte und die Planen, unter denen die Arbeiter Schutz finden – und die kleinen Reste von Wäldern, die noch stehen. Papa sagte, dass es früher hier sehr viel Wald gab.

Auf der ganzen Ebene gibt es noch mehr Arbeiter – ich kann ihre Generatoren von hier aus hören. Aldan und Udi müssen denken, dass ich zu denen gehöre. Ihre Mutter hat ihnen nicht gesagt, dass sie mich dafür bezahlt, sie beide vor einem bösen Traum zu schützen. Sie würden denken, dass ich die Mutter betrüge, und dann wären sie böse.

Aber ich habe die Mutter nicht gebeten, mich einzustellen. Ich bekomme heute 25 Cent, nur dafür, dass ich hier sitze. Besser, als nutzlos zu Hause auf der Matratze zu liegen! Ich überlege, wofür ich das Geld ausgeben kann. Obst oder Fleisch ... Irgendetwas zu essen, was nicht Sojabohnen oder Tofu ist. Wenn ich lange spare, könnte ich auch meiner Mutter Geld schicken. Yan lernt Lesen und Schreiben, also könnte ich ihn darum bitten, ihr zu schreiben: *Du brauchst nicht mehr in Belitung zu schuften, Mama.*

Die Stunden vergehen, und ich sitze die ganze Zeit auf der Düne. Manchmal denke ich, meine Pläne könnten aufgehen, und manchmal kommen sie mir nur dumm und verrückt vor. Woher sollte ich denn solche Kräfte haben? Nur ein dummes kleines Kind kann auf so eine Idee kommen.

Dann fällt mir etwas von früher ein, als Papa noch lebte: der Tag, an dem ein Mann den ganzen Weg aus Belitung zu uns kam. Er gehörte zu Walhi, dieser Gruppe für Naturschutz. Er besuchte die Arbeiter der illegalen Gruben und hatte eine spezielle Metallkiste dabei. Die hat er um uns herumbewegt. Die Kiste hat geknattert und der Walhi-Mann hat genickt.

„Wissen Sie, dass Zinn-Erz radioaktiv strahlt?", fragte er meine Eltern.

Ich weiß noch, wie mein Herz schneller schlug. Aus Papas Comics wusste ich etwas über Strahlung. Spider-Man wurde von einer radioaktiven Spinne gebissen und das hat ihm Kräfte verliehen. Daredevil war blind, aber Strahlung hat seine anderen Sinne verbessert. Und Strahlung hat auch Hulk stark und knallgrün gemacht.

Könnte die Strahlung auch etwas mit mir gemacht haben? Wenn der Walhi-Mann jetzt seine Kiste über meinen Stein halten würde, würde sie dann vor lauter Energie summen und vibrieren?

Aber der Walhi-Mann hatte erzählt, Strahlung würde Menschen krank machen. Er sagte, mit dem Zinn-Abbau würden wir alle unsere Gesundheit in Gefahr bringen.

„Die größte Gefahr für unsere Gesundheit ist, kein Geld zu verdienen“, sagte Papa. „Wenn wir kein Zinn abbauen, haben wir nichts zu verkaufen. Und wenn wir nichts zu verkaufen haben, verhungern wir.“

Heute verdiene ich ohne Zinn 25 Cent, indem ich auf dieser Düne sitze. Ich könnte mir Süßigkeiten oder eine Banane kaufen. Das ist ein tolles Gefühl.

Ich sitze im Schatten und bin müde. Aber ich

darf nicht einschlafen. Ich will ja nicht, dass etwas Schlimmes passiert; und ich weiß nicht, was ich dagegen tun könnte. Ob der Stein mir helfen würde? Ich könnte tagelang hier sitzen. Was ist, wenn die Strahlung sich abnutzt? Oder wenn sie schon weg ist – oder nie da war? Rustam will, dass ich in zwei Wochen wieder auf dem Floß arbeite. Und dann?

Es ist wie in den Comics: Da steht immer „Fortsetzung folgt“ in einem Kasten, wenn kein Platz mehr ist. Dann musste man einen Monat oder länger warten, bis man erfuhr, was als Nächstes passierte. Aber ich habe schon mein ganzes Leben gewartet.

6 Der Supertaucher

Am Nachmittag fällt Aldans und Udis Generator aus. Es ist wie auf Rustams Floß, da geht auch immer etwas kaputt.

Die Männer stehen um den Generator herum. Mit ihren Werkzeugen in der Hand sehen sie aus wie Ärzte, die darüber streiten, wer operieren darf. Auf einmal höre ich eine andere Maschine jaulen. Sie klingt sehr nah, die anderen Arbeiter kommen wohl hierher. Vielleicht könnten sie helfen?

Ich schließe kurz meine Augen. Bis ich ein Geräusch höre. Es ist nur Kemala, die vorsichtig aus der Grube durch den Schlamm zu mir kommt. Ihre Kleider sind voller Matsch.

„Aldan und Udi leben noch?“, fragt sie und zeigt auf die Gruppe von Männern. „Gut gemacht.“

„Ich hab nichts gemacht“, sage ich und deute auf ihre dreckigen Kleider. „Und du?“

„Bin heute früh in einem Krater ins Wasser gerutscht, als ich mich umgesehen hab. Ich verlier manchmal das Gleichgewicht.“ Kemala hält ihren Arm-Stumpf hoch, auf dem Matsch eingetrocknet ist. Dann redet sie weiter: „Ich hab gehört, wie Aldan sich in der Mittagspause mit Udi unterhalten hat. Sie meinen, sie könnten heute jeder vier Dollar verdienen.“

„Vier!“ Ich bin baff. Rustam sagt, an einem guten Tag verdient er drei Dollar – und das ist noch das Doppelte von dem, was er früher als Fischer verdiente. „Glaubst du, die Frau will mich morgen wieder hier haben?“

„Klar. Gute Söhne geben ihren Müttern Geld. Und eine gute Mutter wird *dir* Geld geben.“

Am Generator richtet Aldan sich auf. Die Maschine ruckt und zuckt wie ein kranker Mann bei einem heftigen Husten. Der Motor macht wieder Krach und Udi und die anderen jubeln. Aldan tut so, als ob er sich verbeugt, und geht zurück zur Grube.

Da sehe ich etwas, ungefähr acht Meter über Aldan: In dem nassen Schlamm und Sand entsteht ein Riss.

Die Zeit bleibt fast stehen. Im Geiste sehe ich meinen Papa am Boden der Grube, und ich sehe die Welle aus Sand und Schlamm auf ihn niederstürzen. In einer einzigen Sekunde wird Papa zerdrückt. Dann ist das Bild von Papa wieder weg und ich sehe Aldan vor mir.

Aldan hat nicht bemerkt, dass der Spalt im Sand aufgeht wie ein breiter werdendes Lächeln. Er steigt in die Grube.

„Nein!“, schreie ich und renne den steilen Pfad hinunter. „Erdrutsch! Raus! *Los, raus!*“

Aldan schaut hoch und sieht dem Tod ins Auge. Ich rutsche und kullere hinunter.

Überall laute Stimmen. Die Grube stürzt ein.

Ich schließe meine Augen.

Als ich sie wieder öffne, umklammere ich Aldans Arm. Der Rest von Aldan steckt tief im Schlamm fest. Seine Freunde rufen. Sie graben mit ihren Händen und Eimern. Hektisch.

„Er drückt meinen Arm!“, rufe ich und ziehe an seinem Handgelenk. „Er lebt. Macht schnell!“ Dann bewegt sich der Sand. Ich ziehe Aldan raus. *Ich ziehe ihn wirklich raus.* Aldans Kopf kommt hervor. Schlammbrocken kleben in seinen Haaren und an seiner Haut. Dann werde ich zur Seite geschubst und verliere den Halt, als Udi und die

anderen zu ihm drängen. Zusammen holen sie ihn mit einem Ruck aus der Grube. Er schreit.

Sein linkes Bein ist übel verdreht. Lila-schwarze Streifen bilden sich unter der Haut.

„Dieser Junge hat sein Leben gerettet!“, sagt einer der Männer und zeigt auf mich. Ich stehe so unter Schock, dass ich nicht weiß, was ich tun oder sagen soll. Ich sitze nur da im Matsch und keuche. Wo ist Kemala? Ich sehe sie nicht mehr oben auf der Düne.

Die Männer heben Aldan auf einen Tisch. Er hat aufgehört zu schreien; er schluchzt nur noch vor Schmerzen. Er wird wieder gesund. Udi taucht neben mir auf und greift nach meiner Hand. „Danke“, sagt Udi, immer wieder. Er läuft zu seinen Freunden, die schon dabei sind, aus einer Plane und zwei langen Ästen eine Trage zu bauen.

Dann ist Kemala wieder da. Sie hat die Mutter des Jungen geholt. Die Frau rutscht und stolpert hastig den Pfad hinunter, um zu Aldan zu kommen. Als sie sieht, dass er lebt, wendet sie sich mir zu. Mit Tränen im Gesicht drückt sie mich an sich, wie Mama früher. „Danke, Supertaucher“, murmelt sie. Die Umarmung ist viel zu schnell vorbei und die Frau drückt mir Geld in die Hand. „Danke.“

Kemala zieht mich weg von dem ganzen Durcheinander und Geschrei. „Komm schon. Es ist vorbei.“ Ein paar Münzen fallen aus meiner Hand. Kemala holt sie schnell aus dem Sand.

„Hast du das gesehen? Ich hab ihn gerettet“, sage ich. Ich bin noch wie betäubt. Ich kann gar nicht glauben, was passiert ist. „Die Frau hat das Unglück in ihrem Traum gesehen, und beinah ist es so gekommen, aber ich hab es gestoppt.“

„Schicksal. Ich wusste, dass du das schaffst“, sagt Kemala. „Supertaucher wird berühmt.“

„Berühmt?“, frage ich.

„Die Frau wird das überall rumerzählen.“ Kemala blickt auf die Münzen. „Wart’s ab. Bald sprechen alle über Supertaucher.“

7 Gerede

Kemala hat recht. Den Beweis bekomme ich am nächsten Abend.

Rustam nimmt mich mit zum Sammler. Der kauft Leuten wie uns das Zinn-Erz ab und verkauft es dann den Schmelzern. Normalerweise würde Yan hingehen, aber ihm tut heute die Brust weh. Wenn man die Abgase vom Kompressor einatmet, wird man krank. Meerwasser hat er auch noch geschluckt.

Der Sammler wiegt unser Zinn-Erz.

„Wir haben heute fünf Kilo gesammelt“, hat Rustam mir auf dem Weg hierher erzählt. „Letzte Woche gab es nur drei Dollar pro Kilo. Wenn es heute weniger sein soll, lass ich mich nicht darauf ein. Bis ich überhaupt meine Ausgaben und die Lohnkosten abgedeckt hab ...“ Er verstummt. Sein

Blick wird finster. „Der Preis muss hochgehen. Muss er einfach."

Der Preis wäre höher, wenn nur die Firmen die Schmelzer beliefern würden. Aber durch das viele zusätzliche Erz aus den illegalen Gruben bleibt der Preis niedrig. Die großen Firmen, die mit dem Zinn Handys und Tablets und so etwas bauen, wollen nicht mehr bezahlen – weil ihre Kunden alles billig haben wollen. Deshalb können die Händler den Schmelzern nicht viel zahlen, und die Schmelzer können den Sammlern nicht viel zahlen. Ganz am Ende dieser Kette sind wir. Wir riskieren unser Leben für das Zinn, das alle brauchen, und wir bekommen am wenigsten von allen.

Dennoch, heute bin ich reich, weil die Frau mir einen ganzen Dollar gegeben hat: viel mehr, als sie versprochen hatte, denn sie war so glücklich. Wenn ich nicht da gewesen wäre, wäre ihr Sohn tot. Ich habe Kemala 25 Cent abgegeben, weil es ihre Idee war und weil sie mich gepflegt hat, als ich im Koma lag. Und wenn sie nicht an mich geglaubt hätte, dann hätte ich ja auch nicht an mich geglaubt. Die übrigen 75 Cent und meinen roten Kristall habe ich unter meiner Matratze versteckt. So reich war ich noch nie.

Ich überlege, wie ich das Geld ausgeben könnte. Oder sparen. Oder ob ich vielleicht besser noch mehr verlangt hätte. Da höre ich Leute auf der Straße reden. Sie trinken etwas zusammen und wärmen sich an einer brennenden Mülltonne:

„Dieser Junge ist wie ein magischer Glücksbringer. Er hat einen Haufen Leute gerettet, als eine Grube eingestürzt ist."

„Davon hab ich gehört! Dieser Supertaucher, oder?"

„Genau! Die Leute sagen, er wär unter Schlamm begraben gewesen und hätte einen Edelstein gefunden, der vom Himmel kam. Egal, wohin er damit kommt, der Stein schützt vor Unglück."

„Tut er nicht! Wer ist der Junge?“

„Es gibt so ein einarmiges Mädchen. Nur das weiß, wo man den Jungen findet. Ich hab diese Frau reden hören – wenn Supertaucher auf deine Grube aufpasst, gibt's keine Unglücke mehr.“

„Scheiß auf den Zinn, Mann. Komm, wir finden auch so'nen Himmelsstein. Dann kriegen wir was ab von dem Ganzen!“

Sie lachen. Meine Wangen brennen, und ich kann kaum glauben, was ich höre. Wie die Geschichte sich verbreitet hat und gewachsen ist!

Rustam und der Sammler streiten sich:

„Das ist kein reines Erz.“

„Wenn Sie es nicht nehmen, verkauf ich es woanders.“

„Es ist nicht fein genug. Dafür kann ich Ihnen nur zwei Dollar fünfzig pro Kilo geben.“

„Sie können sich zur Hölle scheren!“

Ich will ihren Streit nicht hören. Letzte Woche hatten sie schon den gleichen und nächste Woche geht es so weiter. Ich will nur den Männern am Feuer zuhören, die über mich reden. Mich! So muss Peter Parker sich fühlen, wenn die Leute in New York über Spider-Man sprechen.

Rustam kehrt dem Sammler den Rücken zu. Er flucht und schwingt sich den Erz-Sack auf den Rücken. Also gehen wir jetzt mitten durch die Stadt zum nächsten Sammler. Die Männer haben aufgehört, über Supertaucher zu reden; aber in meinem Kopf höre ich ihre Unterhaltung in Dauerschleife. Ich kann es kaum erwarten, morgen zu Kemala zu gehen und ihr zu erzählen, dass sie recht hatte. Es hat sich wirklich herumgesprochen.

Dann fällt mir auf, dass ich gar nicht weiß, wo Kemala lebt.

8 Zum Strand

Kemala holt mich am nächsten Morgen ab. Rustam und Yan sind schon weg, obwohl Yan immer noch hustet und ihm übel ist. Ich habe ein schlechtes Gewissen, weil Yan schon wieder tauchen muss. Eigentlich geht es mir besser als ihm.

Ich sehe gerade unter der Matratze nach dem Geld und dem roten Juwel, als Kemala an meine offene Tür hämmert. Ich springe auf. Kemala ist außer Atem. Ihr blauer Rock ist starr vor Dreck und schwingt um ihre dürren Beine. Bestimmt ist sie hingefallen auf dem Weg hierher. Aber ihre Augen leuchten.

Ich will ihr sofort von gestern Abend berichten. „Kemala, du glaubst ja nicht, was …“

Sie unterbricht mich: „Beeil dich, ich hab dir

einen neuen Auftrag besorgt. Ponton, nördlich vom Strand von Rebo. Ein Junge muss zum ersten Mal am Meeresboden graben und sein Opa will ihn beschützen lassen."

Ich kann nicht glauben, was ich da höre. „Sein Opa hat von Supertaucher gehört?"

„Er *bezahlt* den Supertaucher! Also, nimm deinen Stein und deine Superkräfte und komm, Tono. Nein, warte." Mit ihrem guten Arm greift Kemala hinter sich und zieht etwas aus ihrem Rockbund. Eine kurze blaue Hose. Fast neu, nicht so abgewetzt wie meine. Sie wirft sie mir zu. „Zieh die an. Du solltest schicker aussehen."

Ich starre die Hose an. Sie ist meerblau. Wenn ich die anziehe, ist das fast so, als hätte ich endlich eine Badehose.

„Los jetzt", sagt Kemala.

Ich runzle verschämt die Stirn. „Nicht gucken!"

„Wer hat dir denn im Koma die Unterhosen gewechselt und den Hintern abgewischt, Superheld? Meinst du nicht, ich hätt schon alles an dir gesehen?" Kemala lacht und dreht sich um. „Mach schon."

Die neue Hose ist schön weich. Das Futter der Hosentaschen ist robust, der Stein gleitet hinein und bleibt da. „Und was ist mit Rustam? Wenn der mich sieht ..."

Kemala dreht sich nicht um. „Mach dir keinen Kopf. Dieser Ponton liegt eine Meile weiter nördlich als der von deinem Onkel. Ich hab ein Fahrrad gefunden. Damit kommen wir schneller hin." Ich bemerke die Kratzer auf ihrem Arm. Da wird mir klar, warum sie so dreckig ist: Einhändig Fahrrad zu fahren, ist wohl nicht leicht auf erdigen Wegen. „Du kannst bestimmt besser mit dem dummen Ding fahren", fügt sie hinzu, als hätte sie meine Gedanken gelesen. „Ich sitz hinter dir und sag dir, wo es langgeht."

„In Ordnung."

Ich folge Kemala hinaus zum Fahrrad – ein rostiges Quietsch-Ding. Und das hat sie bis hierher gefahren? Dann muss sie fest entschlossen sein und sehr an mich glauben.

Ich fahre schnell. Ich folge der Hauptstraße, vorbei an Moscheen und Mangroven, an Betonhäusern, die eng zusammenstehen. Danach sehen wir vor uns überall Sand. Die Busse und Laster donnern an uns vorbei und peitschen Sand in unsere Gesichter. Aber Kemala hat ihren guten Arm um mich gelegt und lacht, wenn wir über die Hubbel hopsen. Ich fühle mich so stark, als ob in mir etwas erwacht wäre. So wie nach den fünf dunklen Tagen.

*

Ich muss das Rad auf dem sandigen letzten Stück schieben. Kemala zeigt auf einen alten Mann, der am Strand hockt. Er schaufelt mit einem Plastikteller Sand auf und sucht darin nach wertvollen Körnchen Zinn. Er ist zu alt, um auf dem Floß zu arbeiten. Bestimmt muss deshalb sein Enkel damit anfangen. Aber der Großvater versucht immer noch, sich nützlich zu machen.

Als wir näher kommen, steht er langsam auf. Er mustert mich von oben bis unten und will den Stein sehen. Ich halte ihn in die Sonne. Das Licht blendet den Mann und er dreht sich weg. Er nickt und zeigt aufs Meer. Das Floß ist nur wenige Hundert Meter vom Land entfernt.

Kemala sagt: „Dahin kannst du schwimmen."

Ich weiß, dass ich das kann. Locker. Aber mir ist übel, denn ich rieche den Diesel-Qualm, der über die Wellen wabert, und höre die Motoren grollen. In Gedanken bin ich wieder im Wasser: mit Yan, in dem Moment, als der Schlammberg auf mich stürzte. Ich versuche, tief durchzuatmen, und halte einen Fuß ins Wasser. Aber ich ziehe ihn sofort wieder raus, als hätte ich Säure berührt. Ich drehe mich zu Kemala um.

„Was ist los mit dir?“, fragt Kemala leise. „Du musst da rein. Du bist stark. Du bist Supertaucher und da braucht jemand deine Hilfe.“

Ich schaue hinunter auf meine neue Hose, die die gleiche Farbe hat wie das Meer. Dieser Ozean hätte mich kaputt drücken können, aber er hat mir den Stein gegeben. Und Kraft.

„Du wirst nicht in den Wellen und dem Schlamm untergehen“, sagt Kemala sanft. Ihre Hand liegt auf meinem Arm. „Du brauchst nur auf dem Floß zu sitzen und seinem Enkel zuzugucken.“

„Auf ihn aufzupassen“, sage ich.

„Ja." Kemala schubst mich mit ihrem kurzen Arm. „Geh auf seinen Enkel aufpassen, Supertaucher."

Der alte Mann schaut zu uns her. Ich will vor Kemala keine Schwäche zeigen. Also drehe ich mich um, schließe meine Augen und wate ins Wasser. Sobald es mir bis zum Hals reicht, schwimme ich los, auf das Floß zu, mit dem Stein fest in der Faust.

9 Jemand in der Patsche

Ich ziehe mich aus dem Wasser hoch auf den wackeligen Ponton. Vier Männer arbeiten darauf: magere, dunkle Typen. Niemand lächelt oder freut sich, dass ich komme. Sie schauen hinüber zu dem alten Mann an Land und brummen, er sei wohl verrückt geworden.

Das Floß ist in noch schlechterem Zustand als Rustams. Es neigt sich zu einer Seite. Löcher in den Ästen sind mit Seilen und Stoff gestopft, und der Generator ist alt und heult, als wäre es bald vorbei mit ihm ... Ich sitze am Rand und schaue auf den Kompressor. Von ihm aus schlängeln sich die Luftschläuche ins Wasser. Drei Leute arbeiten da unten: Ich sehe sie, als sie auftauchen und nach Luft schnappen. Zwei Männer in Yans Alter und ein Junge, der ungefähr so alt ist wie ich. Der Junge, Dulak, atmet tiefer und schneller als die anderen. Ich sehe die Angst in seinen Augen.

Die Angst, die ich auch gespürt habe. Ich versuche, ihm so zuzulächeln, wie Yan mir zugelächelt hat: *Ich bin ja da, jetzt ist es gut.* Aber der Junge blickt mich nicht an. Ich glaube, es ist ihm peinlich; er will mich nicht hier haben. Nur der alte Mann am Strand will das.

Plötzlich komme ich mir blöd vor. Meine neue Hose kratzt. Zu Mittag teilen die anderen sich ihr Essen, aber mich übergehen sie. Sie ärgern Dulak und werfen mir Blicke zu. Und je später es wird, desto frecher werden sie:

„Teilst du nicht mit deinem Schutzengel, Dulak? Ach ja, ein Supertaucher kann gar keinen Hunger haben, oder? Und wenn er Durst hat, kann er ja Meerwasser trinken. Dazu ist er doch hier: Er ertrinkt, damit du nicht ertrinkst."

Sie lachen und ich könnte sie alle auf den Mond schießen. Helden tun das nur nicht. Alle halten Spider-Man für eine Bedrohung, aber er nimmt es ihnen nicht übel. Er beschützt sie einfach weiter.

Die Männer lachen jetzt über ein Mädchen mit nur einem Arm, das schlecht tanzt. Ich schaue über das Wasser. Am Strand springt Kemala auf und ab und winkt.

Angst beißt mir in den Bauch. Da stimmt was nicht. Irgendetwas ist passiert.

Ich schaue an der Seite des ramponierten Floßes runter. Kemala winkt mich zu sich. Es sieht dringend aus. Also drehe ich mich zu Dulak um. „Tut mir leid, ich glaub, ich werde gebraucht."

Dulak schaut weg. „Hier nicht."

Ich zögere, komme mir doof vor. Dann tauche ich ins trübe Wasser. Einen Moment lang fürchte ich, ich könnte nicht mehr auftauchen, um Luft zu holen. Aber ich komme wieder hoch an die Oberfläche und schwimme. Kemala schaut mir zu. Ich will ihr zeigen, wie schnell ich bei ihr sein kann. Ich will wissen, was los ist. Danach will ich zurück aufs Floß, auch wenn die mich da nicht haben wollen. Ich tu es für den alten Mann.

Als ich aus dem Wasser krieche, schimmert das Öl auf meinem Körper in Regenbogenfarben. Kemala kommt mir entgegen.

„Der Mann hat mich reingelegt“, sagt Kemala wütend. „Er kann gar nicht zahlen! Er hat vielleicht nur zehn Cent, dabei hat er doch einen Dollar pro Tag versprochen. Wir gehen.“

„Was?“ Ich schaue zum Floß zurück. „Aber wenn wir es zugesagt haben ...“

„Wenn sich rumspricht, dass Supertaucher für zehn Cent aufkreuzt, dann lachen die Leute über uns. Nein, über *dich*. Willst du das?“

Die Männer auf dem Floß haben schon über mich gelacht. Ich schaue hinüber zu dem alten Mann. Er hält seinen Plastikteller in der Hand und schaut traurig zurück. Ich frage Kemala: „Selbst wenn er nur zehn Cent geben kann, könnt ich doch ...?“

Kemala bleibt hart: „Wir gehen.“

Der alte Mann bettelt und hält uns die dreckigen Münzen in seinen dreckigen Händen hin, aber Kemala lehnt ab. Sie will mit ihrer guten Hand das Fahrrad aufheben. Ich muss ihr helfen. Sie stolziert davon und ich darf das Rad hinter ihr her über den Sand schieben. Die Rufe des alten Mannes sind bald zu heiser, um das Dröhnen der Generatoren zu übertönen. Ich schaue zurück. Dulaks Ponton ist nur noch einer von Hunderten, die auf dem Wasser treiben.

10 Löcher im Zinn

„Es gibt noch mehr Leute, die Supertaucher brauchen“, sagt Kemala, als wir in Sungai Liat ankommen. „Ich krieg raus, wer dich am meisten verdient. Und wenn sie es hinkriegen, dann komm ich morgen zu dir.“

Mit „hinkriegen“ meint sie: wenn sie es sich leisten können. Eigentlich weiß ich fast nichts über Kemala, die mich so scheucht. „Soll ich dich nach Hause bringen?“, frage ich.

„Nein“, antwortet Kemala. Und dann tritt sie gegen das Rad. „Ich steig nicht mehr auf diesen Schrotthaufen.“

„Du hast es gefunden!“

„Ja. Und du kannst es gern haben.“

„Bei wem lebst du eigentlich?“, frage ich.

„Ich leb allein. Wir sehen uns morgen.“

Dann geht sie los. Ein paar dürre Hühner flattern ihr aus dem Weg. *„Es gibt so ein einarmiges Mädchen. Nur das weiß, wo man den Jungen findet“*, hatte der Mann in der Stadt gestern Abend gesagt. Irgendwie cool, denke ich – so wie nur Rick Jones den Hulk oder Captain Marvel zu fassen bekommt.

Ja. Kemala weiß, wo sie *mich* findet. Aber sie will wohl nicht, dass ich *sie* finde.

Ich radele heimwärts. Das Rad quietscht die ganze Zeit. Ich verstecke es in einem Hinterhof in der Nähe von Rustams Haus und tarne es mit staubigen, braunen Palmwedeln. Ich glaube nicht, dass jemand es stehlen wird; aber ich will nicht, dass Rustam von dem Fahrrad erfährt.

Erst am Nachmittag komme ich nach Hause. Ich ziehe die neue Hose aus und die alte an.

Ich zucke zusammen, als ich sehe, dass Yan hier in unserem Zimmer auf seiner Matratze liegt.

„Hey, Tono!“ Yan stützt sich auf einem Ellbogen ab. „Du warst lange weg.“

„Ich war spazieren“, lüge ich. „Warum bist du hier? Ist alles okay?“

„Nur ein Infekt, glaub ich. Von der stinkenden Luft. Morgen geht es mir wieder gut.“ Yan hustet. Sein ganzer Körper bebt, als wollte er widersprechen. „Nette Hose übrigens. Neu?“

„Die ... hab ich gefunden“, sage ich.

„Auf deinem Spaziergang. Klar.“ Yan legt sich wieder hin. Aber wohl nicht aus Müdigkeit, sondern um mich nicht länger ansehen zu müssen.

„In der Stadt hab ich die Leute reden hören, Tono. Über ein lebendiges Wunder namens Supertaucher. Soll man buchen können, um Grubenarbeiter zu beschützen – wenn man es sich leisten kann."

Plötzlich spüre ich Angst in meinem Bauch.

„Was denkst du dir dabei, Tono? Leute betrügen, um an ihr Geld zu kommen ..."

Jetzt werde ich stinksauer. „Ich betrüge niemanden!"

„Also bist das wirklich du", sagt Yan.

Ich wende mich von ihm ab und schlucke. „Hast du deinem Papa davon erzählt?"

„Quatsch. Aber ich hab dich nur zum Scherz Supertaucher genannt. Was *du* da machst, ist Mist."

„Ich tu niemandem weh. Ich hab das Leben von jemandem gerettet. Ohne mich wär dieser Aldan gestorben. Du wärst gestorben."

„Ich hab mich bei dir bedankt, oder? Muss ich auch noch dafür blechen?"

„Wer spinnt denn jetzt wohl?"

„Tono, hör mal", sagt Yan. „Du hast diesen Erdrutsch nur überlebt, weil du Schwein gehabt hast. Es war einfach nur Glück, mehr nicht."

„Jetzt hörst du dich an wie dein Papa. Vielleicht war es doch kein Glück, sondern was anderes."

„Schicksal, meinst du? Vorhersehung? Ein Stück altes Glas, das dich in einen Superhelden verwandelt hat?"

„Zinn ist radioaktiv", erkläre ich ihm. „Vielleicht hat mich das ..."

Yan schnauzt mich an: „Strahlung bringt dich nur um. Langsamer als ein Erdrutsch, aber genauso sicher." Er hustet, schüttelt den Kopf. „Wir machen unser eigenes Zuhause kaputt und unser Zuhause macht uns kaputt. Jeden Tag zerstören wir uns gegenseitig ein Stück mehr."

Ich schaue Yan an und hole den roten Stein raus. „Unser Zuhause hätte uns eigentlich umgebracht. Aber ich bin ohne einen Kratzer aufgewacht und hatte das hier in der Hand."

„Und jetzt bist du unverwundbar?"

„Vielleicht hat mich das besser gemacht."

„Du bist genauso gemacht wie wir alle hier: Du kannst jeden Tag dein Leben für billiges Zinn riskieren, damit irgendjemand weit weg sich das neueste Smartphone leisten kann."

Ich schüttele den Kopf. „Damit wir etwas zu essen haben."

„Jetzt kannst du doch bestimmt essen, was du willst, oder? Wenn du schon neue Klamotten kaufst …"

„Die Hose hab ich nicht gekauft", sage ich. Aber ich denke an das Essen, das ich mir gestern gerne kaufen wollte. Einen Moment lang fühle ich mich schuldig und wütend. „Du … du bist doch nur neidisch!"

„Stimmt das." Yans Worte sind keine Frage. Mit finsterem Blick starrt er mich so lange an, bis ich wegschaue. „Na, dann denk dran, Supertaucher Zinn-Boy. So stark ist Zinn nicht. Es ist ein weiches Metall."

Mir reicht es. Ich stampfe aus dem Haus.

„Zinn bekommt leicht Löcher!"

11 Vermisste Person

An dem Abend ist schlechte Stimmung im Haus. Rustam hat getrunken. Er giftet rum, sobald er nur den Mund aufmacht. Yan und ich hätten ihn enttäuscht, sagt er. Wir seien beide zu nichts zu gebrauchen. Er müsse allein versuchen, uns drei über Wasser zu halten.

„Ich habe überall gefragt, wer euch für ein paar Tage vertreten könnte.“ Rustam sitzt auf einer Kiste mit einem Stück Teppich darauf und trinkt aus einer dreckigen Flasche. „Einer wollte nur arbeiten, wenn ich noch einen anderen Jungen bezahlen würde, der auf ihn aufpasste! Könnt ihr euch das vorstellen? Da soll so ein verrückter Junge behaupten, dass er Leute beschützen kann.“

Yan schaut zu mir herüber. Ich verstecke mich hinter dem zerfledderten Comic-Heft meines

Vaters. Darin bekommt Red Skull den Tesserakt in die Hände. In dem steckt ein Edelstein, der ihm die Macht verleiht, alles zu tun.

„Die Welt wird verrückt“, sagt Rustam. „Alles geht den Bach runter. Und du, Tono? Du guckst dir den ganzen Tag nur dusselige Kinderbilder an. Männer in Strumpfhosen. Superhelden!“

Still blättere ich um, obwohl ich schon jedes Bild genau kenne. Captain America kann Red Skull nicht entkommen. Der Tesserakt erfüllt Red Skull jeden Wunsch. Aber Captain America hat Glück und kann Red Skull den schimmernden Edelstein aus der Hand schlagen. Der Stein sinkt auf den Meeresboden und ist verloren.

Ich wünschte, es wäre Morgen.

*

Als die Sonne aufgeht, steht Yan auf, obwohl er noch hustet. Ich kann froh sein: Fast die ganze Nacht habe ich darüber gegrübelt, was passiert wäre, wenn Rustam genauer nach diesem verrückten Wunderjungen gefragt hätte – und herausbekommen hätte, dass ich das bin ...

Seltsam. Jetzt fühlt sich das Leben gefährlicher an als früher. Dabei habe ich im Wasser jeden Tag mein Leben in Gefahr gebracht. Aber jetzt hätte ich ja wieder etwas zu verlieren, vielleicht habe ich deshalb mehr Angst.

Rustam sagt nichts, aber er trampelt durchs Haus. Ich vermute, ihm brummt der Kopf von dem Alkohol gestern Abend. Vielleicht hat er auch einfach nichts zu sagen. Ist mir sowieso egal.

Sobald sie weg sind, ziehe ich die blaue Hose an. Ich warte auf Kemala, die mir sagt, wohin ich als Nächstes gehen soll. Hoffentlich ist der alte Mann am Strand nicht zu enttäuscht.

Doch Kemala kommt nicht.

Ich warte den ganzen Morgen auf sie. Meinen Stein gucke ich zum millionsten Mal an. Bin ich wirklich dem Tod entronnen und kann jetzt mit meiner Superkraft Menschen retten? Oder ist das alles bloß Glück? Was ist dann mit Aldan? Den habe ich doch wirklich gerettet.

Es ist schon fast Mittag, als ich mich nach draußen wage. Mein Rad ist noch in seinem Versteck. Außer der neuen Hose und dem Geld ist das Rad der einzige Beweis, dass das alles in den letzten Tagen wirklich passiert ist. Auf dem Rad eiere ich vorbei an Palmen, Kirchen und Mangroven nach Sungai Liat. Ohne Kemala hintendrauf ist das viel leichter.

Quietschend bringt das Rad mich dahin, wo wir uns gestern verabschiedet haben. Die dürren Hühner picken immer noch auf dem Boden herum. Ein Mann sitzt vor seiner Hütte auf einer Matte. Ich frage nach Kemala und der Mann schickt mich nach Westen. Ich erreiche den Stadtrand. Moscheen mit Dächern aus blauem Porzellan schauen auf Hütten aus Beton und Schindeln hinab. Und ich habe keine Ahnung, wo ich anfangen soll. Ich komme mir dumm vor. Was ist, wenn Kemala zu mir nach Hause gelaufen ist und ich sie verpasst habe?

Dann denke ich: Ich kann auch bei ihr zu Hause auf sie warten, wie sie bei mir gewartet hat. Ich muss nur herausfinden, wo sie wohnt.

Also frage ich mich durch. Ich frage eine junge Frau, an der zwei Kinder klammern, die vom Strand noch ganz sandig sind. Ich störe einen Mann, der gerade einen Weg pflastert. Ich befrage eine alte Frau, die trotz der Hitze ein Schultertuch trägt. Niemand ist sich sicher. Aber jeder hat einen anderen Hinweis für mich, wo ich dieses mürrische, einarmige Mädchen finde.

Irgendwann schiebe ich das Rad nur noch. Ich erreiche eine Seitenstraße, in der das Pflaster in Erde übergeht. Die Stümpfe einiger Palmen ersticken dort im Staub. Am Rand stehen Bruchbuden aus Beton, vollgesprüht mit Graffitis. Ein Müllberg verströmt seinen Gestank. Mitten im Straßenlärm höre ich einen Hund kläffen. Zwei Typen, älter und größer als ich, stehen neben einem kaputten Skateboard. Einer ist sehr groß, hat einen leichten Bart und trägt eine Goldkette um den Hals. Sein Freund ist stämmiger und trägt ein weißes Bandana. Abwechselnd treten sie auf ein Ende des Skateboards, um das Skateboard in ihre Hände springen zu lassen. Sie kriegen es nicht hin.

Ich rufe: „Wisst ihr, ob hier ein einarmiges Mädchen wohnt?"

Bandana-Man tritt fester auf das Skateboard, das ruckt und klappert. „Wer will das wissen?", fragt er.

In meinem Kopf schrillt eine Alarmglocke. *Du kannst denen nicht sagen, was du hier machst.* „Äh ... ich heiße Rustam." Das ist der erste Name, der mir einfällt – nicht Papas Name, und das ärgert mich. „Dieses Mädchen hat bei mir zu Hause jemanden gepflegt. Jetzt will jemand anders es einstellen."

Goldkette guckt mich direkt an. „Verdient man mit Pflege richtig Geld, oder was?“

Ich zucke mit den Schultern und sage: „Nicht so richtig.“ Mir gefällt nicht, wie diese Kerle mich ansehen. Die sollen nicht denken, Kemala hätte irgendwas, das man klauen könnte. „Du kriegst da nur Essen, solange du da bist.“

„Wie im Gefängnis.“ Bandana-Man grinst seinen Freund an. Dann zeigt er auf ein Haus am Ende der Straße. „Die ist da ganz hinten.“

Ich würde am liebsten jubeln, aber ich bleibe cool. Ich nicke den Männern dankend zu und gehe weiter. Das Rad lehne ich an eine bröckelnde Wand. Während ich in ein paar staubige Fenster schaue, spüre ich noch die Blicke der Typen in meinem Rücken. Ich wünschte, die würden abhauen.

Am Ende finde ich Kemala. Sie sitzt drinnen auf dem Boden, mit dem Rücken zum Fenster. Von der Holztür auf der Seite des kleinen Hauses blättert der Lack. Die Tür hatte mal ein Schloss, aber das ist weg. Ich lächele, denn jetzt kann ich das tun, was Kemala sonst immer mit mir macht.

Ich stürme hinein und sage: „Hallo! Hier ist dein freundlicher Supertaucher!“

Kemala flucht, hält ihren Arm-Stumpf vor die Brust und schnappt sich mit der rechten Hand ein rostiges Messer. Kleine Geldstapel liegen um sie herum auf dem Boden. Mir fällt etwas auf: Sie trägt ein frisches gelbes Top und einen sauberen schwarzen Rock. Sie schaut nicht nur mürrisch. Ganz kurz zeigt ihr Gesicht auch, dass sie sich ertappt fühlt.

12 Kämpfen und Weglaufen

„Schon gut! Ich wollte dich nicht erschrecken“, sage ich zu Kemala.

„Was machst du hier?“, fragt sie. „Wie hast du mich gefunden?“

„Das war nicht leicht.“

„Du solltest aber nicht herkommen.“ Endlich legt Kemala das Messer weg. „Dieses Haus hat der Freundin meiner Tante gehört, bevor sie verhaftet wurde. Es darf keiner wissen, dass ich hier bin.“

Ich starre nur auf das Geld. „Woher kommt das?“

Sie zuckt die Schultern. „Aufträge.“

„Aufträge? Für Supertaucher?“

„Genau. Seit der alte Mann versucht hat, mich abzuzocken, kassier ich im Voraus.“ Kemala sammelt das Geld auf. „Ich wollte nachher noch zu dir kommen.“

„Das wusste ich nicht.“

„Dein nächster Einsatz ist erst morgen“, sagt Kemala. „Eine alte Grube hat wieder aufgemacht, in der Nähe von einem Strand, östlich von hier.“

Wäre ich bloß nicht hergekommen. Ich fühle mich seltsam, wütend. „Wie viel Geld hast du den Leuten abgenommen?“

„So viel wie möglich.“ Kemala schlägt eine Ecke einer dreckigen Matte zurück. Darunter ist ein kleines Loch, in dem sie ihr Geld versteckt. „Es muss sich doch lohnen, dass wir unsere Zeit da reinstecken, oder?“

„*Unsere* Zeit?“, frage ich. Plötzlich merke ich,

dass das alles eigentlich meine Sache ist. Mein Weg ist das und nicht Kemalas. *Ich* bin fast gestorben, nicht sie. „Wie ich sehe, hast du auch neue Klamotten."

„Gut erkannt. Steht mir, oder?" Sie bedeckt das Loch wieder mit der Matte und wendet sich mir zu. Jetzt ist ihr Blick so stechend scharf wie ein Messer. „Tono, ohne mich würdest du immer noch rumliegen. Du wärst ein Nichts. Ich hab dir aus dem Koma rausgeholfen. Während du schliefst, hab ich dir Geschichten erzählt und dich sauber gemacht. Ich hab mich um dich *gekümmert*."

„ Glaubst du nicht, dass ich auch etwas getan habe? Ich war schon fast tot und bin trotzdem ins Leben zurückgekehrt."

„Ich hab Aufträge für dich klargemacht, damit du besser leben kannst. Damit es dir *besser geht*."

Mein Mund ist ganz trocken. „Wie viel behältst du selbst?“, frage ich.

„Bist du jetzt die Polizei, oder was?“

Gute Frage. Was bin ich, jetzt, in diesem versifften Raum? Supertaucher? Der Superheld, der Leben rettet – solange der Preis stimmt und Kemala es in Ordnung findet ... Bin ich das geworden?

Ich halte es hier nicht mehr aus. Es kommt mir vor, als würde ich ersticken. Vor meinem inneren Auge sehe ich meinen Papa, wie er vom schlammigen Sand begraben wird. Er war der Einzige, für dessen Rettung ich alles gegeben hätte. Aber das konnte ich nicht. Ich konnte ihn nicht einmal ansehen, als er ...

Genau wie er bin ich plötzlich nicht mehr da. Ich bin draußen. Ich renne. Ich schwinge mich aufs Rad und trete in die quietschenden Pedale.

Die Typen mit dem Skateboard stellen sich mir in den Weg.

„Warum hast du's denn so eilig, Kind?", ruft Goldkette mir zu. „Was hast du gemacht? Hey, ich rede ..."

Ich strampele genau auf ihn zu. Im letzten Moment weiche ich aus, als er gerade zur Seite springt. Aber sein Freund ist schnell und kickt das Skateboard gegen mein Hinterrad. Es gerät zwischen die Speichen und ich fliege kopfüber vom Rad. Meine Hände knallen auf den staubigen Boden. Der rote Stein purzelt aus meiner Tasche. Er kullert über die trockene Erde und bleibt so reglos liegen wie ich.

Die Männer haben ihn gesehen. „Du bist also dieser Supertaucher-Junge, der sich für einen Superhelden hält", sagt Bandana-Man. „Und das ist dann wohl das Juwel, mit dem er überall angibt. Muss ja was wert sein", sagt Goldkette.

Ich sage nichts. Ich springe nur auf, schnappe mir meinen Stein und renne.

Hinter mir höre ich wütendes Geschimpfe, schnelle Schritte und das Geräusch der kleinen Rollen auf der Straße.

Sie kommen mir nach.

Ich renne auf die Straße, direkt vor einen Bus. Der hupt mich an. Das Geräusch ist wie

Rückenwind für mich, es treibt mich vorwärts. Der Stein scheint in meiner Hand zu vibrieren und ich fühle mich stark. Ich erreiche den Müllberg und renne durch stinkende Abfälle. Meine Füße versinken im Dreck, aber das ist egal. Wenigstens kann das Skateboard mir so nicht folgen. Und die beiden Kerle können nicht so schnell laufen wie ich. Ich renne zu dem Wirrwarr von gelb werdenden Palmen und Bananenstauden am Rand des Müllbergs. Im Wald dahinter kann ich die Idioten abhängen.

Das schaffe ich. Ich bin ja Supertaucher, oder?

Aber die dürren Pflanzen sind kein Waldrand. Sie stehen nur in einer Reihe, flach verwurzelt in dem sandigen Boden. Ich weiß, dass die Firmen neuen Wald pflanzen müssen, wenn sie die Gruben ausgeschöpft haben. Damit wieder neues Land entsteht, wo sie welches ruiniert haben. Aber der gute Boden ist mit dem Erz-Abbau weggewaschen worden. Nur toter Schlamm ist noch da, nichts wächst vernünftig. Überall graue Dünen und blaugrüne Tümpel, Krater und verlassene Gruben ... Es sieht aus wie auf dem Mond. Sind Goldkette und Bandana-Man noch hinter mir her? Wenn ja, dann sind sie bald hier.

Der Weg vor mir schlängelt sich den grauen Hügel hoch. Weiter kann ich nicht sehen. Ein riesiger Krater liegt auf meinem Weg: um die vierzig Meter Durchmesser, gefüllt mit dreckigem Wasser. Ich könnte den langen Weg außen herum nehmen, an den offenen Gruben entlang. Aber das ist weiter und die Männer könnten mich sehen. Also nehme ich den schnellen Weg. Ich setze einen Schritt vom Weg in den Krater und sinke gleich so tief ein, dass mir das stinkende Wasser bis zum Hals steht. Die Oberfläche ist schwarz vor Fliegen. Ich muss zum anderen Ende schwimmen.

Da erst fällt mir etwas auf: Wenn ich aus dem Wasser steige, hinterlasse ich nasse Fußspuren im Sand. Die führen dann genau zu meinem Versteck.

Aber mir kommt eine Idee: Ich kann eine falsche Spur legen!

Ich kann eine Spur über den Hügel legen, aus nassen Fußabdrücken. Und während sie der Spur folgen, laufe ich im Bogen außen herum zurück, kralle mir das Rad und haue ab.

Der Plan gilt. Aufgeregt klettere ich an Land. Ich krabbele am steilen Rand entlang durch den Sand zurück. Bis die beiden Typen merken, wohin meine Spuren führen, ist es zu spät. Dann können sie mich nicht mehr aufhalten ...

Eigentlich war der Plan gut, nur gibt es ein Problem: Goldkette schwimmt zwar durch den Krater wie ich, bloß will Bandana-Man seine Nikes nicht nass machen und rennt außen lang. Auf seiner Seite ist das Ufer höher. Deshalb sieht er meinen Kopf hinter dem Kraterrand.

Plötzlich ruft er etwas und kommt näher. Bandana-Man ist zu schnell für mich. Er packt meinen Arm und zieht mich über den Rand. Wir ringen miteinander und er boxt mir gegen die Brust. Ich falle rückwärts. Mit meinem Bein reiße ich ihn von den Füßen. Dann rolle ich ab und versuche, mich wieder aufzurappeln. Nicht gut. Bandana-Man tritt gegen meinen Knöchel und ich verliere den Halt. Ich kullere einen Pfad hinunter in eine der alten Gruben. Sand klebt an meiner nassen Haut und meinen nassen Kleidern; aber immerhin bremst er mich so, dass ich ohne Verletzungen auf zwei Füßen lande. Keuchend und zitternd sehe ich mich um. Die Seiten der Grube sind ungefähr zehn Meter hoch, die Rückwand ragt sogar noch drei Meter höher.

Nichts schützt die Seiten vor dem Abrutschen. In genau so einer Grube ist mein Vater gestorben. Und jetzt bin ich auf dem Boden von so einer Grube.

13 Die Wahrheit

Bandana-Man lugt über den sandigen Grubenrand. Goldkette kommt hinzu, patschnass und wütend.

„Wirf uns den roten Stein zu. Dann hauen wir dir vielleicht nicht die Fresse ein …"

Ich sage nichts. Ich habe zu viel Angst. Ich kann Papas Stimme in meinen Ohren hören: *„Longsor!"* Dieser letzte verzweifelte Schrei nach Hilfe, bevor der Schlamm ihn zermalmte.

„Pass bloß auf, dass wir nicht zu dir runterkommen", warnt Goldkette mich.

Beide fangen an, in die Grube zu klettern. Benommen starre ich zu ihnen hoch.

Da sehe ich es: Ganz oben an der Rückseite der Grube beginnt Sand hereinzurieseln.

„Zurück! Los, zurück! *Longsor!*“, keuche ich und zeige nach oben.

Sie sehen den Sand, der wie auf mein Kommando in die Grube fällt. Ich umklammere noch immer meinen Stein. Ich schaue ihn an, halte ihn hoch in die Sonne, sodass er zu leuchten scheint.

Bandana-Man erstarrt. „Das gibt's doch nicht. Der lässt gerade echt die Grube einstürzen."

„Alleine?", spottet Goldkette. „Warum sollte er ...?"

„Supertaucher hat den letzten Erdrutsch überlebt, oder?"

Ich bin das! Gefühle überrollen mich. Ich mach das wirklich! Ich *habe* besondere Kräfte, das ist jetzt klar. Ich werde diese blöden Schlägertypen retten. Und mich selbst. „Haut ab!", keuche ich, als der Sand nicht mehr so stark rutscht. „Haut ab, raus hier, bevor ich euch begrabe!"

Ich schreie ihnen nach, aber die beiden krabbeln schon hoch. Schnell klettern sie über den Rand und sind weg. Es kommt fast kein Sand mehr nach. Zitternd und stolz gehe ich zur flachsten Seite, die außerdem am weitesten von der Rückwand entfernt ist. Dann klettere ich auch hinaus.

In dem Moment höre ich hinter dem rieselnden Sand jemanden lachen, schrill und ein bisschen heiser.

„Ha!“, sagt Kemala oben auf dem Hügel. Sie steht auf und jubelt. „Das war doch genial von mir, oder?“

Ich starre sie an. Ich bin noch ganz begeistert und verstehe sie nicht. „Hast du den Sand gesehen?“, frage ich. „Ich hab den zum Fallen gebracht ...“

„Weißt du was, Supertaucher? Mit diesem kleinen Trick wirst du noch berühmter.“ Kemala hält Bandana-Mans Skateboard hoch wie eine Trophäe und lacht noch einmal: „Das Beste an dem Ganzen ist, dass ich das olle Skateboard von dem Typen benutzt hab, um den Sand auf euch zu schaufeln.“

Mir wird auf einmal kalt. „Heißt das, *du* hast eben den Sand auf uns runter...?“

„Gern geschehen“, antwortet Kemala. „Die Kerle hätten dich fertiggemacht und dir den Stein abgenommen, Tono. Wir können aber keinen Superhelden ohne magischen Stein gebrauchen, oder?“ Sie schüttelt den Kopf und klettert zu mir runter. „Du hast Glück gehabt, dass ich gesehen hab, wie die dich verfolgt haben. Das sind die beiden, die der Freundin meiner Tante was angehängt haben. Dann ist sie verhaftet worden und nicht die beiden. Die hätten dich richtig übel zugerichtet.“

Ich flüstere: „Du hättest mich unter dem Sand begraben können, mich umbringen können ...“

„Wenn ich das nicht riskiert hätte, hätten *die* dich umgebracht.“ Kemala zuckt die Schultern. „Die erzählen das bestimmt weiter. Ich hab gerade wieder was für deinen Ruf getan. Du wirst jetzt öfter gebucht und kriegst mehr Geld.“ Sie boxt mir gegen die Brust. „Ich hab doch gesagt: gern geschehen.“

„Wieder?“, wiederhole ich. Mir ist übel, mein Herz rast. „Was hast du denn beim letzten Mal für meinen Ruf getan?“

„Als die alte Frau diesen Traum hatte, dass die Grube über ihren Söhnen zusammenbricht ... Da musste ich den Traum doch wahr werden lassen, oder nicht? Damit sie bezahlt. Damit sich das rumspricht.“

Meine Augen werden zu schmalen Schlitzen. Mir fällt wieder ein, wie nass und matschig Kemala an dem Tag aussah. Ich flüstere: „Was verdammt noch mal hast du getan?“

„Ich hab mir Sachen von den anderen Arbeitern geholt, einen Schlauch im Sand eingegraben und Wasser von oben in die Grube gepumpt. So konnte ich leichter was rauslösen."

Ich mache meine Augen zu und wünschte, ich könnte auch meine Ohren vor Kemala verschließen. „Und dann hast du deinen Kram weggebracht, während wir Aldan ausgraben mussten?"

„Richtig. Und ich hab seine Mama geholt", antwortet Kemala.

„Aber ... Aldans Bein ... Du hättest ihn umbringen können!" Ein Teil von mir klammert sich noch an die Hoffnung, dass Kemala nur Spaß macht. Aber nein. Ich erinnere mich daran, wie sie vom Grubenrand verschwand und später mit Aldans Mutter zurückkam – damit die Frau dankbar das bisschen Geld hergeben konnte, was sie hatte ... „Wie viel hat sie wirklich bezahlt?", frage ich. „Ich hab dir fünfundzwanzig Cent von meinem Dollar gegeben, aber ich wette, du hast mehr genommen, oder?"

„Ich brauchte das", mault Kemala. „Ich musste Leute dafür bezahlen, dass sie an jeder Ecke von Supertaucher erzählen – damit sich die Info verbreitet! Es hat ja funktioniert. Ich sag doch, wir haben Aufträge ..."

Kemala redet weiter, selbst nachdem ich gegangen bin. Ich laufe nicht in die Richtung von Goldkette und Bandana-Man; denen will ich nicht noch mal begegnen. Ich bin am Boden zerstört. Keine Kraft mehr in mir. Die Wahrheit erwischt mich wie ein Schlag mit dem Hammer. Es hat nie eine besondere Kraft gegeben. Supertaucher ist einfach nur Tono. Der kleine, dürre Tono. Der Idiot, der wirklich geglaubt hat, er könnte jemand Besonderes sein.

„Ach komm, wo willst du hin?", ruft Kemala mir nach. „Die Typen denken, du hast Macht über den

Sand! Du hast es geschafft, Supertaucher! Die Leute bezahlen!“

Ich laufe weiter durch die trockene Gegend. Schlamm und Dreck kleben an meiner Haut und meinen Kleidern. Man kann schon nicht mehr sehen, welche Farbe meine Hose mal hatte. Es ist so, als wäre ich ein Teil dieser Landschaft. Innen und außen.

14 Kein Zuhause

Irgendwie lande ich am Strand. Stundenlang sitze ich im Sand und sehe den baggernden Schiffen auf dem Meer zu. Es ist Nachmittag und die Schiffe schimmern in der Sonne. Der Rauch und das Brummen ihrer Generatoren wirken wie eine riesige Wolke von Fliegen über dem Ozean. Ich wende den roten Stein in meinen verdreckten Fingern. Ich sollte mir den Schmutz abwaschen, aber ich will nicht, dass das Meer mich berührt. Nie wieder.

Die Sonne geht unter und ich tapere nach Hause. Ich will Rustam und Yan nicht begegnen, aber sie sind immer da.

Zu Hause stimmt etwas nicht. Leere Bierflaschen liegen auf dem Boden.

Rustam steht von seiner Kiste mit dem Teppich-Sitz auf. In Yans und meinem Zimmer hat jemand meine Matratze auf die Seite gestellt. Darunter waren mein Geld und meine Comics versteckt. Oh Gott. Gar nicht gut.

„Da bist du wieder“, sagt Rustam. Seine dunklen Augen nageln mich an die Wand. Das ist ein Zeichen: Er hat so viel getrunken, dass er mich verletzen kann. Und er ist noch nüchtern genug, um das gut hinzukriegen.

„Wo ist Yan?“, frage ich Rustam.

„Unterwegs. Das verkaufen, was wir heute gefunden haben. Wir hatten einen guten Tag.“ Rustam prostet mir zu und nimmt einen großen Schluck. „Tono, was hast du gemacht, während wir arbeiten waren?“

„Ich hab am Strand gesessen.“

„Du hast diese einarmige Spinnerin besucht."

Ich gehe auf mein Zimmer zu. „Ich bin müde, ich will schlafen gehen."

„Willst du vielleicht dein Geld zählen?" Rustam gräbt in seiner Hosentasche und wirft dann meine Münzen auf den Boden. Sie springen und funkeln im Licht der nackten Glühlampe. Mir rutscht das Herz in die Hose. Ich halte die Luft an. Ich warte darauf, dass Rustams Grinsen schmaler wird – oder dass es breiter wird und irgendwas darauf folgt.

„Woher hast du das?", fragt er.

„Ich hab es verdient."

„Wie denn?" Rustam nickt mir ermutigend zu. „Komm, Tono, sag es mir." Er wartet auf meine Antwort, aber nicht lange. „Zwei kleine Ganoven haben in der Stadt eine Geschichte rumerzählt, von einem dünnen Jungen, Superblödmann oder so ähnlich. Ein dürrer Junge, der Erdrutsche auslösen und stoppen kann. Ein dürrer Junge, der behauptet, er würde Rustam heißen."

Ich ziehe den Kopf ein. Fange schnell an, die Münzen auf dem Boden zu zählen. Bald kann ich mir ausrechnen, was mich das alles gekostet hat. So viel weiß ich.

Rustam sagt: „So hab ich es erfahren. Verstehst du das, Tono? Jemand hat mir davon erzählt, als wir an Land kamen. Dieser dürre Junge hat meinen Namen benutzt und nicht seinen eigenen. Stell dir das vor."

„Onkel, bitte hör mir zu. Kemala hatte diese Idee, dass ich ..."

„Aha, dann war das Mädchen an allem schuld, ja? Tono, der große Superheld, beschuldigt eine einarmige Spinnerin ..."

„Sie ist keine Spinnerin“, unterbreche ich ihn.

„Wag es nicht, mir ins Wort zu fallen!“ Rustam schmettert seine Bierflasche auf den Boden. Sie zersplittert und weißer Schaum läuft heraus. „Du und diese Spinnerin, ihr habt Leute reingelegt. Ihr habt denen ihr Geld abgenommen und es vor mir versteckt. Vor mir! Dem Mann, der dich aufgenommen hat, als kein anderer es wollte. Der dich durchgefüttert hat, dir ein Dach über dem Kopf geboten hat. Dich gerettet hat.“

So wütend habe ich Rustam noch nie gesehen. „Onkel, bitte“, bettle ich. „Ich wollte noch ein bisschen sparen, und dann …“

„Hältst du mich für einen von diesen Trotteln, die glauben, dass du Macht über den Sand hast? Meinst du, ich glaube irgendwas von dem Mist, der aus deinem Mund kommt?“ Rustam schüttelt den Kopf und wischt sich mit dem Handrücken den Mund ab. „Ich hab deine gottverdammten Ärzte bezahlt, damit du nicht stirbst wie dein Vater. Und wozu? Damit du deine Familie beklauen kannst?“

Ich schreie zurück: „Ich hab für Mama gespart! Damit sie mit Rinal aus Belitung zurückkommen kann! *Die* sind doch meine Familie!“

„Du kleiner Wicht hast echt keine Ahnung.“ Rustam lacht, aber in seinen Augen sehe ich immer noch Mordlust. „Deine Mutter ist nie nach Belitung gefahren. Sie lebt eine knappe Autostunde von hier entfernt in Pangkal Pinang.“

Ich starre ihn an. Seine Worte stecken in meinem Kopf fest; ich kann sie nicht verarbeiten. „Warum?“, frage ich. „Warum sollte sie ...?“

„Sie ist weggegangen, um einen Geschäftsmann zu heiraten. Der hatte schon einen Sohn und wollte nicht noch einen“, verrät Rustam mir. Er schüttelt den Kopf. „Ihre Familie hat deinen

Vater nie gemocht. Er war ja mit dem Kopf immer ganz woanders – bis er unter dem Sand begraben wurde. Sie haben das alles für sie organisiert."

„Du lügst." Ich zittere und mir wird übel. „Mama würde nie ..."

„Sie hat es getan und wird nie zu dir zurückkommen." Rustam spricht jetzt leiser. „Wir wollten dir das ersparen, Tono. Aber es ist wohl besser, du weißt es. Besser, als wenn du an unmögliche Dinge glaubst, wie zum Beispiel Leute zu retten. Oder an Superhelden." Rustam marschiert in mein Zimmer und patscht dabei durch das Bier. Er krallt sich meine Comics vom Boden, dreht sich zu mir um und knurrt: „Diese dummen alten Schmierblätter. Die haben schon deinem Papa den Kopf mit dummen Träumen gefüllt, die nie wahr wurden. Und mit dir haben sie das auch gemacht."

Ich will irgendwas sagen. Aber die Wörter in meinem Hals sind so trocken wie Sand.

„Blödes Zeug!“, ruft Rustam. Er zerknüllt die Comics und fängt an, sie zu zerreißen. „Blödes Zeug! Blödes Zeug!“

Schreiend greife ich nach den Comics. Aber er rammt mir den Ellbogen ins Gesicht und ich taumele gegen die Wand. Mein Kopf dröhnt und pocht. Ich sehe, wie Rustam auf den bunten Seiten im Bier und den Scherben herumtrampelt.

Er zerreißt diese unbezahlbaren Bilder und knüllt sie zusammen, als wären sie Müll. Mit einem Sprung bringe ich ihn zu Fall. Er landet auf dem Boden und schreit auf. Als er sich aufsetzt, sehe ich, dass sein Arm aufgeschnitten ist. Er stöhnt und presst eine Comic-Seite gegen die blutige, tiefe Wunde. Spider-Man verschwindet unter einem dicken, dunklen Fleck.

Rustam hält sich den Arm und flüstert: „Wenn du dich hier je wieder blicken lässt, bring ich dich um. Ich bring dich um. Tono, hörst du? Dann bring ich dich um."

Blut und Schweiß laufen mir in die Augen, als ich mich von ihm wegdrehe. Auf wackeligen Beinen trete ich hinaus in die schwarze Nacht.

Ich gehe.

15 Unmögliche Dinge

Ich gehe durch die Dunkelheit. Der Mond scheint nur schwach. Alle Dinge, an die ich so lange nicht denken wollte, schwirren vor mir durch die Nacht. Und ich glaube, ich kann sie auch in dem Leuchten meines Steins vom Meeresboden sehen: Papas verdrehter Körper, der aus dem Sand und Schlamm gezogen wurde; Rustam, wie er plötzlich über Papas Sarg hing; Mama und Rinal auf den Stufen von dem Bus, mit dem sie wegfuhren; die Art, wie Mama weinte, als sie mir sagte, wir würden uns bald wiedersehen.

Als die Sonne aufgeht, stehe ich vor Kemalas Tür. Kemala liegt auf dem Boden und benutzt ihre neuen Kleider als Kissen.

„Da bist du ja wieder“, sagt sie und stützt sich auf einen Ellbogen. „Ich hab doch gewusst, dass du noch zur Vernunft kommst.“

„Ich will nur meinen Anteil“, erwidere ich. „Gib mir meinen Teil von dem Geld, das du bekommen hast, als du Supertaucher verkaufen wolltest.“

„Ich wollte das nicht nur. Ich *hab* dich verkauft.“

Ich spüre den sandigen roten Stein in meiner Tasche. „Nein, nicht mich. Supertaucher hast du verkauft.“

Kemala holt das Geld aus dem Versteck. „Ich hoffe, du hast deshalb kein schlechtes Gewissen, Tono. Das solltest du nicht. So viele Leute sterben oder werden verletzt, wenn sie nach Zinn-Erz graben. Kinder und alte Leute und alle dazwischen. Jeden Tag sind das so viele Menschen, die Angst haben. Supertaucher gibt ihnen Trost.“

„Er *verkauft* ihnen Trost, bis zum nächsten Unfall“, sage ich.

„Vielleicht passiert dieser Unfall nicht. Zumindest eine lange Zeit. Nicht, bevor wir reich geworden sind.“ Kemala beugt sich über das Loch unter ihrer Matte. Ihre Finger-Stummel schieben Münzen in ihre Hand. „Ich meine, du hast Glück, Tono. Und mir hast du Glück gebracht. Du kannst jedem Glück bringen, der in den Gruben arbeiten muss.“

„Wär es nicht besser, wenn wir die Gruben einfach schließen könnten? Wenn wir aufhören könnten, unser Zuhause und uns selbst zu zerstören, nur damit die großen Firmen tollere Smartphones bauen können? Smartphones, die wir nie zu sehen bekommen!“

„Das wird doch nie passieren“, sagt Kemala. „Glück könnten die Leute aber haben.“ Sie drückt mir das Geld in die Hand; es ist genug. „Es hat keinen Sinn, von unmöglichen Dingen zu träumen, Tono.“

„Du bist der zweite Mensch, der mir das sagt."

„Wir haben recht."

„Nein", sage ich und stecke die Münzen in meine Hosentasche. „Wir müssen zuerst von unmöglichen Dingen träumen, wenn wir wollen, dass diese Träume irgendwann wahr werden können."

Ich ziehe meine andere Hand aus der Tasche. Den roten Stein, meinen „Supertauchernit", lege ich in Kemalas Finger. Ich vermute, dass er mich irgendwie verändert hat. Und das hat alles verändert.

Kemala starrt auf meinen Schatz und fragt: ‚Warum gibst du ihn mir?“

„Du kannst dir einen neuen Supertaucher suchen, wenn du willst. Ich geh weg von hier.“

„Wohin gehst du?“

„Erst mal nach Pangkal Pinang“, antworte ich.

Dann verlasse ich Kemala. Draußen knallt die Sonne auf die stinkende Straße. Der Asphalt schimmert, als ich wieder auf die Stadt zugehe.

Ich muss einen Bus kriegen. Ich will meine Mama finden. Die Wahrheit aus ihrem Mund hören, nicht von meinem Onkel.

Und wenn ich dieses eine unmögliche Ding abgehakt habe ... dann kann ich vielleicht anfangen, von mehr zu träumen.

Du willst wissen, was hinter Tonos Geschichte steckt?
Ein Interview mit Steve Cole zu „Jäger in der Tiefe“
findest du hier:

https://www.beltz.de/produkt_produktdetails/44002-jaeger_in_der_tiefe.html

Dieses Buch wurde von Kindern für Kinder getestet.

MIX
Papier aus verantwortungsvollen Quellen
FSC® C089473
FSC www.fsc.org

Dieses Buch ist erhältlich als:
978-3-407-75487-5 Print

In der Verlagsgruppe Beltz • Weinheim Basel
Werderstraße 10, 69469 Weinheim

Die Originalausgabe erschien 2019 unter dem Titel *Tin Boy* bei
Barrington Stoke Ltd, 18 Walker Street, Edinburgh, EH3 7LP

Übersetzung: Julia Süßbrich
Lektorat: Elisabeth Gayer
Neue Rechtschreibung
Umschlaggestaltung: Jasmin Kerstner unter Verwendung einer
Illustration von Oriol Vidal
Herstellung: Jasmin Kerstner
Satz: Lina Marie Oberdorfer, Mannheim
Druck und Bindung: Beltz Grafische Betriebe, Bad Langensalza
Printed in Germany
2 3 4 5 6 25 24 23 22 21

Der Inhalt dieses Buches ist auf 100% Recyclingpapier gedruckt.

Weitere Informationen zu unseren Autor_innen und Titeln finden
Sie unter www.beltz.de